國立臺灣師範大學　「品德教育繪本結合鍵接圖識字教學」計畫之實驗性教材

U0105425

郭聿德 張瓅勻 陳學志 著｜張育菁 郭頎霖 繪

愛上學習
從閱讀開始

萬卷樓

編寫理念

這是本可以讓國小低中年級學生輕鬆學習《弟子規》的書，透過親子共讀的設計，使小朋友養成良好的品德。

每一篇故事都對應《弟子規》的內容，能從有趣的故事知道《弟子規》的道理，還能學會重要又簡單的字。

在書的最後有主角小饅頭貼紙，當小朋友完成任務後，請大人幫忙貼上作為鼓勵！

目錄

我ㄨㄛˇ是ㄕˋ松ㄙㄨㄥ松ㄙㄨㄥ，
我ㄨㄛˇ最ㄗㄨㄟˋ愛ㄞˋ吃ㄔ松ㄙㄨㄥ果ㄍㄨㄛˇ。

我ㄨㄛˇ是ㄕˋ果ㄍㄨㄛˇ果ㄍㄨㄛˇ，
我ㄨㄛˇ最ㄗㄨㄟˋ喜ㄒㄧˇ歡ㄏㄨㄢ的ㄉㄜ˙人ㄖㄣˊ
是ㄕˋ松ㄙㄨㄥ松ㄙㄨㄥ哥ㄍㄜ哥ㄍㄜ˙。

人物介紹

我是喵喵，
我喜歡看書。

我是咪咪，
我喜歡照相。

3

我ㄨㄛˇ是ㄕˋ菲ㄈㄟ菲ㄈㄟ，
我ㄨㄛˇ熱ㄖㄜˋ愛ㄞˋ飛ㄈㄟ翔ㄒㄧㄤ。

我ㄨㄛˇ是ㄕˋ莉ㄌㄧˋ莉ㄌㄧˋ，
我ㄨㄛˇ喜ㄒㄧˇ歡ㄏㄨㄢ穿ㄔㄨㄢ美ㄇㄟˇ麗ㄌㄧˋ
的ㄉㄜ裙ㄑㄩㄣˊ子ㄗ。

人物介紹

我是鼓鼓，
我每天
準時起床。

我是點點，
我最喜歡
我的點點眉毛。

選班長風波

我（ㄨㄛˇ）的（ㄉㄜ˙）目（ㄇㄨˋ）標（ㄅㄧㄠ）

★ 能（ㄋㄥˊ）尊（ㄗㄨㄣ）重（ㄓㄨㄥˋ）不（ㄅㄨˋ）同（ㄊㄨㄥˊ）的（ㄉㄜ˙）意（ㄧˋ）見（ㄐㄧㄢˋ）。

★ 能（ㄋㄥˊ）欣（ㄒㄧㄣ）賞（ㄕㄤˇ）與（ㄩˇ）表（ㄅㄧㄠˇ）現（ㄒㄧㄢˋ）自（ㄗˋ）己（ㄐㄧˇ）的（ㄉㄜ˙）長（ㄔㄤˊ）處（ㄔㄨˋ）。

★ 能（ㄋㄥˊ）關（ㄍㄨㄢ）心（ㄒㄧㄣ）朋（ㄆㄥˊ）友（ㄧㄡˇ）的（ㄉㄜ˙）情（ㄑㄧㄥˊ）緒（ㄒㄩˋ）或（ㄏㄨㄛˋ）感（ㄍㄢˇ）受（ㄕㄡˋ）。

6

鼓ㄍㄨˇ鼓ㄍㄨˇ很ㄏㄣˇ熱ㄖㄜˋ心ㄒㄧㄣ，　喜ㄒㄧˇ歡ㄏㄨㄢ幫ㄅㄤ助ㄓㄨˋ
別ㄅㄧㄝˊ人ㄖㄣˊ，　他ㄊㄚ常ㄔㄤˊ常ㄔㄤˊ幫ㄅㄤ忙ㄇㄤˊ同ㄊㄨㄥˊ學ㄒㄩㄝˊ
打ㄉㄚˇ掃ㄙㄠˇ環ㄏㄨㄢˊ境ㄐㄧㄥˋ，　考ㄎㄠˇ前ㄑㄧㄢˊ也ㄧㄝˇ會ㄏㄨㄟˋ花ㄏㄨㄚ
時ㄕˊ間ㄐㄧㄢ為ㄨㄟˋ大ㄉㄚˋ家ㄐㄧㄚ複ㄈㄨˋ習ㄒㄧˊ功ㄍㄨㄥ課ㄎㄜˋ。

8

莉ㄌㄧˋ莉ㄌㄧˋ喜ㄒㄧˇ歡ㄏㄨㄢ吸ㄒㄧ引ㄧㄣˇ大ㄉㄚˋ家ㄐㄧㄚ的ㄉㄜ注ㄓㄨˋ意ㄧˋ，
她ㄊㄚ常ㄔㄤˊ常ㄔㄤˊ自ㄗˋ願ㄩㄢˋ當ㄉㄤ小ㄒㄧㄠˇ老ㄌㄠˇ師ㄕ，來ㄌㄞˊ
展ㄓㄢˇ現ㄒㄧㄢˋ自ㄗˋ己ㄐㄧˇ很ㄏㄣˇ厲ㄌㄧˋ害ㄏㄞˋ，希ㄒㄧ望ㄨㄤˋ能ㄋㄥˊ
受ㄕㄡˋ到ㄉㄠˋ大ㄉㄚˋ家ㄐㄧㄚ的ㄉㄜ注ㄓㄨˋ意ㄧˋ。

11

最近班上要選班長，大家都想到鼓鼓，認為他最適合擔任班長。

但是莉莉也想當班長，她當班長能指揮大家，非常威風。但是莉莉覺得當班長喊口號的時候尤其是威風。

老ㄌㄠˇ師ㄕ：既ㄐㄧˋ然ㄖㄢˊ有ㄧㄡˇ兩ㄌㄧㄤˇ位ㄨㄟˋ人ㄖㄣˊ選ㄒㄩㄢˇ，那ㄋㄚˇ麼ㄇㄛ我ㄨㄛˇ們ㄇㄣ大ㄉㄚˋ家ㄐㄧㄚ來ㄌㄞˊ觀ㄍㄨㄢ察ㄔㄚˊ鼓ㄍㄨˇ鼓ㄍㄨˇ和ㄏㄢˊ莉ㄌㄧˋ莉ㄌㄧˋ一ㄧ個ㄍㄜˋ星ㄒㄧㄥ期ㄑㄧ。

14

我們在下週的班會時間，
由大家投票，從兩人中
選出一位當班長，
另一位當副班長。

15

在這個星期中，鼓鼓沒有因為要選班長而改變他的生活習慣，還是熱心幫助同學。但是莉莉卻比平常更積極的幫忙同學，希望可以多拉到一點票。

不管同學是不是在忙，
莉莉都會湊過去，詢問
對方是否需要幫忙。
就算被拒絕了，也待在
那個人旁邊，跟他說：
沒關係，我就在旁邊，
有需要我會馬上來幫你。

因此造成了許多同學的困擾，大家開始不喜歡莉莉了。

19

到了班會當天，
經過大家的投票，
班長是鼓鼓，
而副班長則是莉莉。

20

莉莉對這件事情很不服氣。

莉莉： 我明明做得比鼓鼓還多，為什麼我卻不是班長？

老師：幫忙別人是件好事，但別人說不用時就不能勉強。

23

老師：當別人在忙碌時，
要給予對方空間，
才不會打擾到別人。

莉莉：謝謝老師，我知道
了，我會努力的向
鼓鼓學習。

我ㄨㄛˇ 會ㄏㄨㄟˋ《弟ㄉㄧˋ子ㄗˇ規ㄍㄨㄟ》

凡ㄈㄢˊ是ㄕˋ人ㄖㄣˊ， 皆ㄐㄧㄝ須ㄒㄩ愛ㄞˋ；
天ㄊㄧㄢ同ㄊㄨㄥˊ覆ㄈㄨˋ， 地ㄉㄧˋ同ㄊㄨㄥˊ載ㄗㄞˋ。
行ㄒㄧㄥˊ高ㄍㄠ者ㄓㄜˇ， 名ㄇㄧㄥˊ自ㄗˋ高ㄍㄠ；
人ㄖㄣˊ所ㄙㄨㄛˇ重ㄓㄨㄥˋ， 非ㄈㄟ貌ㄇㄠˋ高ㄍㄠ。
才ㄘㄞˊ大ㄉㄚˋ者ㄓㄜˇ， 望ㄨㄤˋ自ㄗˋ大ㄉㄚˋ；
人ㄖㄣˊ所ㄙㄨㄛˇ服ㄈㄨˊ， 非ㄈㄟ言ㄧㄢˊ大ㄉㄚˋ。
己ㄐㄧˇ有ㄧㄡˇ能ㄋㄥˊ， 勿ㄨˋ自ㄗˋ私ㄙ；
人ㄖㄣˊ所ㄙㄨㄛˇ能ㄋㄥˊ， 勿ㄨˋ輕ㄑㄧㄥ訾ㄗˇ。

26

什麼意思？

每個人雖然都不同，但都應該相親相愛、互相幫忙。品德好的人，就算他不說，他的好大家也會知道。大家尊敬的是能力，而不是因為他到處去稱讚自己的能力。

我們能夠幫助他人時，就不應該只管自己。見到能力比自己強的人，不可以因為難過就說別人不好，要學會欣賞、讚美他人的優點，並向他學習。

我ㄨㄛˇ會ㄏㄨㄟˋ《弟ㄉㄧˋ子ㄗˇ規ㄍㄨㄟ》

勿ㄨˋ諂ㄔㄢˇ富ㄈㄨˋ， 勿ㄨˋ驕ㄐㄧㄠ貧ㄆㄧㄣˊ；

勿ㄨˋ厭ㄧㄢˋ故ㄍㄨˋ， 勿ㄨˋ喜ㄒㄧˇ新ㄒㄧㄣ。

人ㄖㄣˊ不ㄅㄨˋ閒ㄒㄧㄢˊ， 勿ㄨˋ事ㄕˋ攪ㄐㄧㄠˇ；

人ㄖㄣˊ不ㄅㄨˋ安ㄢ， 勿ㄨˋ話ㄏㄨㄚˋ擾ㄖㄠˇ。

什麼意思？

有錢人身邊常常出現不好的人，這些人對貧窮的人會擺出不好的態度，這是我們不能學習的。有些人看到新的東西就把舊的丟掉，總是覺得新的比較好，這是不好的行為。

當別人看起來很忙時，我們別去打擾他，等他忙完再找他；別人看起來心情不好時，我們更不應該去吵他，使他更加煩惱。

請從下方選出最像的字卡，擺入第 31 頁和第 35 頁的空格中。

大 ㄉㄚ	七 ㄑㄧ	安 ㄢ
地 ㄉㄧ、	明 ㄇㄧㄥˊ	天 ㄊㄧㄢ
硯 ㄧㄢ	朋 ㄆㄥˊ	高 ㄍㄠ

字卡在第 148 頁，剪下來使用。

我ㄨㄛˇ是ㄕˋ大ㄉㄚˋ偵ㄓㄣ探ㄊㄢˋ

請ㄑㄧㄥˇ剪ㄐㄧㄢˇ下ㄒㄧㄚˋ第ㄉㄧˋ148頁ㄧㄝˋ的ㄉㄜ字ㄗˋ，看ㄎㄢˋ看ㄎㄢˋ哪ㄋㄚˇ個ㄍㄜ字ㄗˋ最ㄗㄨㄟˋ像ㄒㄧㄤˋ下ㄒㄧㄚˋ面ㄇㄧㄢˋ的ㄉㄜ圖ㄊㄨˊ，擺ㄅㄞˇ到ㄉㄠˋ格ㄍㄜˊ子ㄗˇ裡ㄌㄧˇ。

我ㄨㄛˇ會ㄏㄨㄟˋ寫ㄒㄧㄝˇ國ㄍㄨㄛˊ字ㄗˋ

先ㄒㄧㄢ描ㄇㄠˊ三ㄙㄢ次ㄘˋ，再ㄗㄞˋ寫ㄒㄧㄝˇ三ㄙㄢ次ㄘˋ。

天 ㄊㄧㄢ	天 ㄊㄧㄢ	天 ㄊㄧㄢ
地 ㄉㄧˋ	地 ㄉㄧˋ	地 ㄉㄧˋ
大 ㄉㄚˋ	大 ㄉㄚˋ	大 ㄉㄚˋ

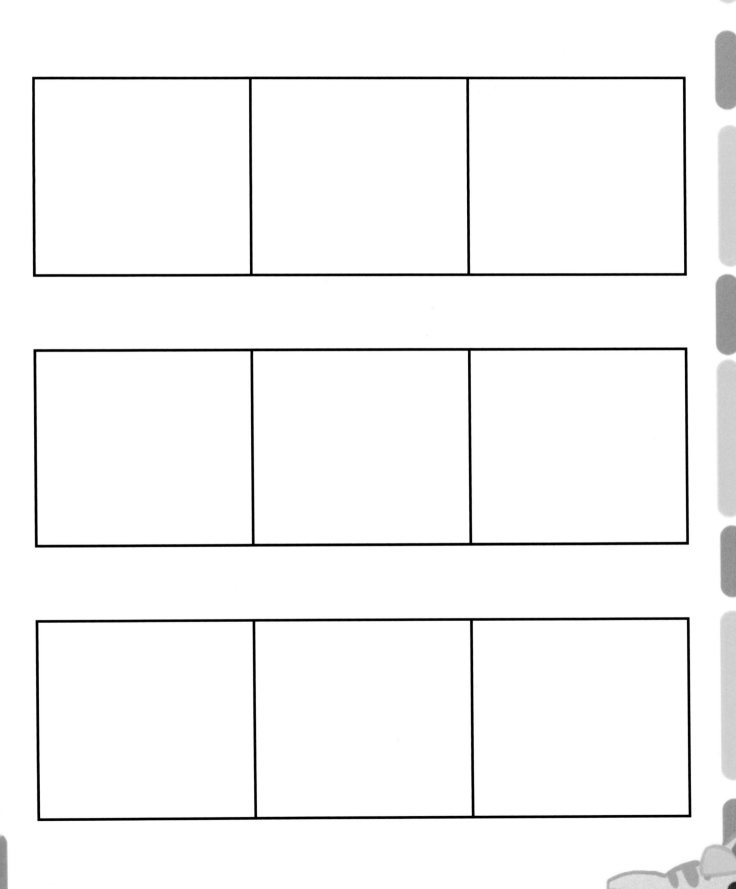

我ㄨㄛˇ認ㄖㄣˋ識ㄕˋ國ㄍㄨㄛˊ字ㄗˋ

解ㄐㄧㄝˇ釋ㄕˋ： 像ㄒㄧㄤˋ一ㄧˊ個ㄍㄜˋ人ㄖㄣˊ躺ㄊㄤˇ在ㄗㄞˋ草ㄘㄠˇ地ㄉㄧˋ上ㄕㄤˋ望ㄨㄤˋ著ㄓㄜ天ㄊㄧㄢ空ㄎㄨㄥ的ㄉㄜ樣ㄧㄤˋ子ㄗˇ。

詞ㄘˊ語ㄩˇ： 天ㄊㄧㄢ空ㄎㄨㄥ、 天ㄊㄧㄢ氣ㄑㄧˋ

解ㄐㄧㄝˇ釋ㄕˋ： 珍ㄓㄣ惜ㄒㄧ土ㄊㄨˇ壤ㄖㄤˇ也ㄧㄝˇ是ㄕˋ在ㄗㄞˋ保ㄅㄠˇ護ㄏㄨˋ地ㄉㄧˋ球ㄑㄧㄡˊ。

詞ㄘˊ語ㄩˇ： 地ㄉㄧˋ面ㄇㄧㄢˋ、 心ㄒㄧㄣ地ㄉㄧˋ

解ㄐㄧㄝˇ釋ㄕˋ： 當ㄉㄤ我ㄨㄛˇ們ㄇㄣ˙要ㄧㄠˋ用ㄩㄥˋ身ㄕㄣ體ㄊㄧˇ去ㄑㄩˋ表ㄅㄧㄠˇ示ㄕˋ「大ㄉㄚˋ」時ㄕˊ，會ㄏㄨㄟˋ張ㄓㄤ開ㄎㄞ雙ㄕㄨㄤ手ㄕㄡˇ雙ㄕㄨㄤ腳ㄐㄧㄠˇ站ㄓㄢˋ立ㄌㄧˋ。

詞ㄘˊ語ㄩˇ： 大ㄉㄚˋ人ㄖㄣˊ、 大ㄉㄚˋ約ㄩㄝ

我ㄨㄛˇ是ㄕˋ大ㄉㄚˋ偵ㄓㄣ探ㄊㄢˋ

請ㄑㄧㄥˇ剪ㄐㄧㄢˇ下ㄒㄧㄚˋ第ㄉㄧˋ148頁ㄧㄝˋ的ㄉㄜ字ㄗˋ，
看ㄎㄢˋ看ㄎㄢˋ哪ㄋㄚˇ個ㄍㄜ字ㄗˋ最ㄗㄨㄟˋ像ㄒㄧㄤˋ下ㄒㄧㄚˋ面ㄇㄧㄢˋ
的ㄉㄜ圖ㄊㄨˊ，擺ㄅㄞˇ到ㄉㄠˋ格ㄍㄜˊ子ㄗˇ裡ㄌㄧˇ。

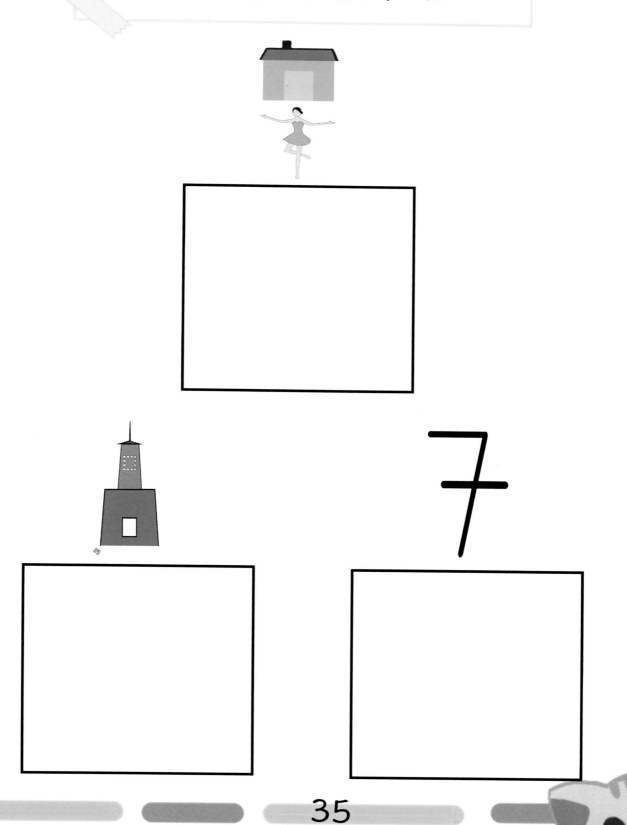

我ㄨㄛˇ 會ㄏㄨㄟˋ 寫ㄒㄧㄝˇ 國ㄍㄨㄛˊ 字ㄗˋ

先ㄒㄧㄢ 描ㄇㄠˊ 三ㄙㄢ 次ㄘˋ， 再ㄗㄞˋ 寫ㄒㄧㄝˇ 三ㄙㄢ 次ㄘˋ。

安 ㄢ	安 ㄢ	安 ㄢ
高 ㄍㄠ	高 ㄍㄠ	高 ㄍㄠ
七 ㄑㄧ	七 ㄑㄧ	七 ㄑㄧ

解ㄐㄧㄝˇ釋ㄕˋ： 屋ㄨ子ㄗˇ裡ㄌㄧˇ面ㄇㄧㄢˋ的ㄉㄜ
女ㄋㄩˇ孩ㄏㄞˊ很ㄏㄣˇ安ㄢ全ㄑㄩㄢˊ。

詞ㄘˊ語ㄩˇ： 安ㄢ靜ㄐㄧㄥˋ、 平ㄆㄧㄥˊ安ㄢ

解ㄐㄧㄝˇ釋ㄕˋ： 像ㄒㄧㄤˋ一ㄧ座ㄗㄨㄛˋ很ㄏㄣˇ高ㄍㄠ的ㄉㄜ
建ㄐㄧㄢˋ築ㄓㄨˊ物ㄨˋ。

詞ㄘˊ語ㄩˇ： 身ㄕㄣ高ㄍㄠ、 高ㄍㄠ度ㄉㄨˋ

解ㄐㄧㄝˇ釋ㄕˋ： 有ㄧㄡˇ些ㄒㄧㄝ人ㄖㄣˊ習ㄒㄧˊ慣ㄍㄨㄢˋ在ㄗㄞˋ
數ㄕㄨˋ字ㄗˋ 7 中ㄓㄨㄥ間ㄐㄧㄢ畫ㄏㄨㄚˋ一ㄧ橫ㄏㄥˊ。
將ㄐㄧㄤ畫ㄏㄨㄚˋ一ㄧ橫ㄏㄥˊ的ㄉㄜ數ㄕㄨˋ字ㄗˋ 7 轉ㄓㄨㄢˇ
半ㄅㄢˋ圈ㄑㄩㄢ就ㄐㄧㄡˋ是ㄕˋ國ㄍㄨㄛˊ字ㄗˋ「七ㄑㄧ」。

詞ㄘˊ語ㄩˇ： 七ㄑㄧ件ㄐㄧㄢˋ（ 衣ㄧ服ㄈㄨˊ）

天 → 天 → 天

土 乚 → 土セ → 地

大 → 大 → 大

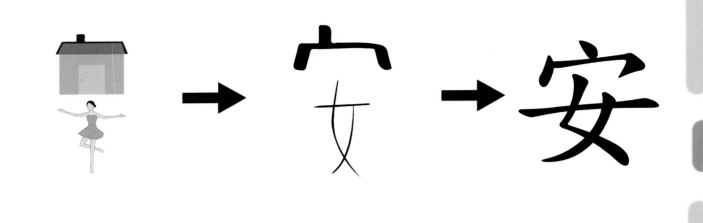

ヲ → 七 → 七

和朋友相親相愛，互相幫助。	
尊敬比我們屬害的人	
不稱讚自己的才藝。	
主動關心朋友心情。	
珍惜身邊的好朋友。	
珍惜自己的東西。	
別人忙碌或心情不好時，不打擾他。	

貼紙在第152頁。

八卦的勺黑點黑點

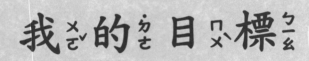

我ㄨㄛˇ的ㄉㄜ˙目ㄇㄨˋ標ㄅㄧㄠ

★ 能ㄋㄥˊ尊ㄗㄨㄣ重ㄓㄨㄥˋ他ㄊㄚ人ㄖㄣˊ的ㄉㄜ˙隱ㄧㄣˇ私ㄙ。

★ 能ㄋㄥˊ為ㄨㄟˋ別ㄅㄧㄝ人ㄖㄣˊ著ㄓㄠ想ㄒㄧㄤ，
不ㄅㄨˋ欺ㄑㄧ負ㄈㄨˋ同ㄊㄨㄥˊ學ㄒㄩㄝ。

★ 能ㄋㄥˊ承ㄔㄥˊ認ㄖㄣˋ自ㄗˋ己ㄐㄧˇ的ㄉㄜ˙錯ㄘㄨㄛˋ誤ㄨˋ，
不ㄅㄨˋ怪ㄍㄨㄞˋ別ㄅㄧㄝ人ㄖㄣˊ。

點點喜歡到處打聽別人的糗事，再跟大家分享。

有一次菲菲飛到一半的時候，因為分心撞到了電線桿，被路過的點點看到。

當菲菲進到教室時，發現班上的每個人都在笑她，莉莉：點點把你撞到電線桿的事告訴大家。

48

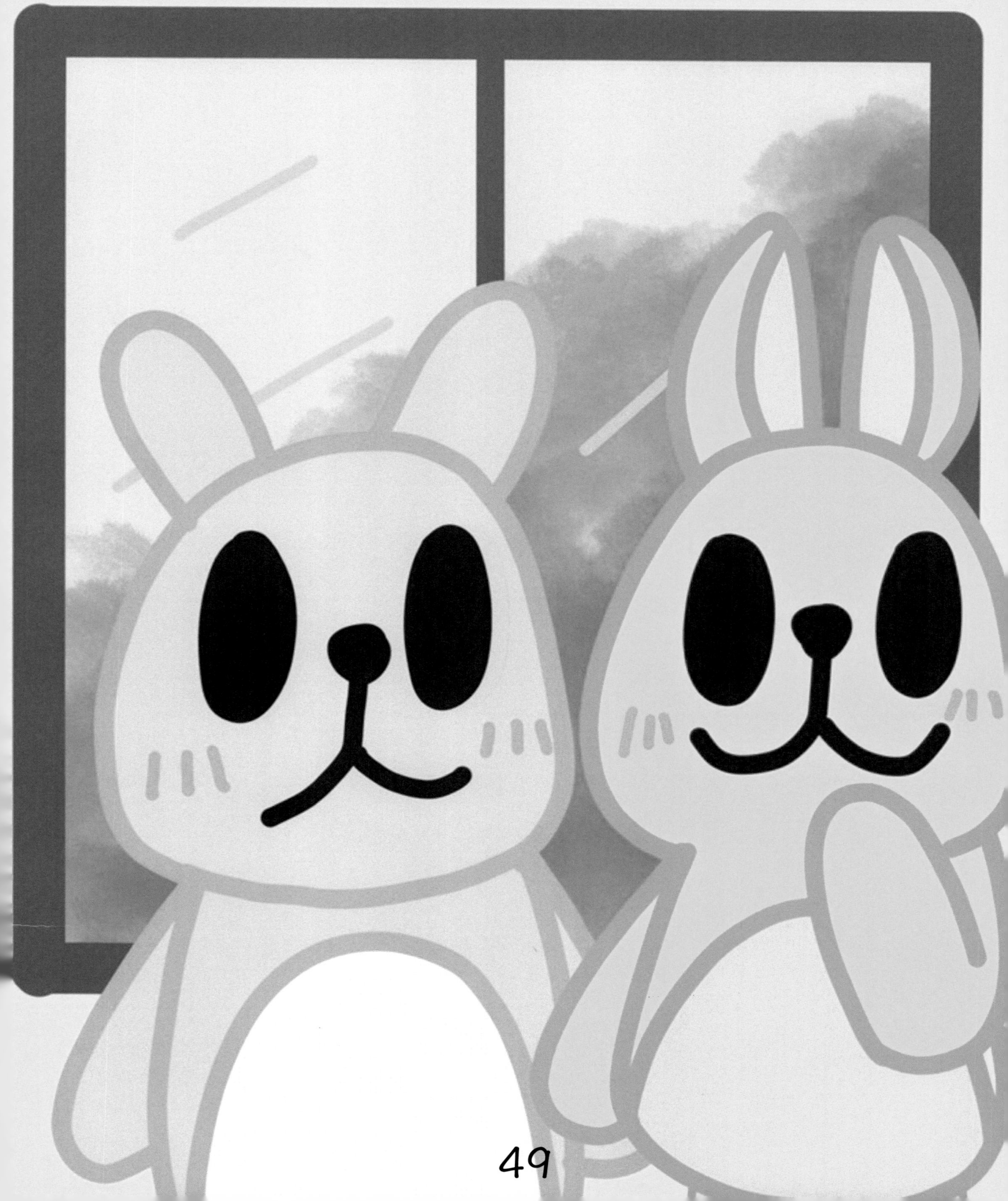

有一天，點點進到教室時，發現大家都用奇怪的眼神看他，也都不太接近他，沒有人主動找他玩、講話。

點ㄉㄧㄢˇ點ㄉㄧㄢˇ：發ㄈㄚ生ㄕㄥ了ㄌㄜˇ什ㄕㄣˊ麼ㄇㄜˋ事ㄕˋ？

菲菲： 上次你跟大家說我撞到電線桿！

莉莉： 上次你跟大家說我上廁所沒鎖門！

鼓鼓： 因為你常常到處說別人的糗事，讓大家都不太開心。

53

點點想到過去他做的事，
決定要改掉他的壞習慣。

看到點點改變後，大家也當朋友。點點看到大家也都願意和他當朋友，點點願意重新稱讚別人，他決定以後少說不好的話。

大家都願意重新稱讚點點，點點也發現被人稱讚是一件快樂的事，大家也都讚美點點，他決定以後要多說讚美的話。

我ㄨㄛˇ會ㄏㄨㄟˋ《弟ㄉㄧˋ子ㄗˇ規ㄍㄨㄟ》

人ㄖㄣˊ有ㄧㄡˇ短ㄉㄨㄢˇ，　切ㄑㄧㄝ莫ㄇㄛˋ揭ㄐㄧㄝ；

人ㄖㄣˊ有ㄧㄡˇ私ㄙ，　切ㄑㄧㄝ莫ㄇㄛˋ說ㄕㄨㄛ。

道ㄉㄠˋ人ㄖㄣˊ善ㄕㄢˋ，　即ㄐㄧˊ是ㄕˋ善ㄕㄢˋ；

人ㄖㄣˊ知ㄓ之ㄓ，　愈ㄩˋ思ㄙ勉ㄇㄧㄢˇ。

什麼意思？

每個人都有做不好的事情，也有不想讓別人知道的事情。

故意說出別人的祕密或缺點都是不好的。

應該多多稱讚別人的優點，別人聽到稱讚後，會更加願意表現自己的好。

我ㄨˇ會ㄏㄨㄟˋ《弟ㄉㄧˋ子ㄗˇ規ㄍㄨㄟ》

揚ㄧㄤˊ人ㄖㄣˊ惡ㄜˋ，　即ㄐㄧˊ是ㄕˋ惡ㄜˋ；

疾ㄐㄧˊ之ㄓ甚ㄕㄣˋ，　禍ㄏㄨㄛˋ且ㄑㄧㄝˇ作ㄗㄨㄛˋ。

善ㄕㄢˋ相ㄒㄧㄤ勸ㄑㄩㄢˋ，　德ㄉㄜˊ皆ㄐㄧㄝ建ㄐㄧㄢˋ；

過ㄍㄨㄛˋ不ㄅㄨˋ規ㄍㄨㄟ，　道ㄉㄠˋ兩ㄌㄧㄤˇ虧ㄎㄨㄟ。

60

什麼意思？

到處說別人的祕密或缺點就像在做壞事，如果我們不小心做得太過分，反而會引來麻煩。

朋友之間如果能互相提醒要做好事，就能建立好的品德；相反的，如果互相隱藏做錯的事，則會在品德上，留下愈來愈多的缺點。

猜ㄘㄞ 猜ㄘㄞ 看ㄎㄢ 這ㄓㄜ 是ㄕ 什ㄕㄣ 麼ㄇㄜ 字ㄗ ？

請ㄑㄧㄥ 從ㄘㄨㄥ 下ㄒㄧㄚ 方ㄈㄤ 選ㄒㄩㄢ 出ㄔㄨ 最ㄗㄨㄟ 像ㄒㄧㄤ 的ㄉㄜ 字ㄗ 卡ㄎㄚ ，
擺ㄅㄞ 入ㄖㄨ 第ㄉㄧ 63頁ㄧㄝ 和ㄏㄢ 第ㄉㄧ 67頁ㄧㄝ 的ㄉㄜ
空ㄎㄨㄥ 格ㄍㄜ 中ㄓㄨㄥ 。

人田 ㄇㄣ	人也 ㄊㄚ	說 ㄕㄨㄛ
安木 ㄅ	和口 ㄏㄜ	墨 ㄇㄛ
夫見 ㄍㄨㄟ	朋 ㄆㄥ	八 ㄅㄚ

字ㄗ 卡ㄎㄚ 在ㄗㄞ 第ㄉㄧ 149頁ㄧㄝ ， 剪ㄐㄧㄢ 下ㄒㄧㄚ 來ㄌㄞ 使ㄕ 用ㄩㄥ 。

我ㄨㄛˇ是ㄕˋ大ㄉㄚˋ偵ㄓㄣ探ㄊㄢˋ

請ㄑㄧㄥˇ剪ㄐㄧㄢˇ下ㄒㄧㄚˋ第ㄉㄧˋ149頁ㄧㄝˋ的ㄉㄜ字ㄗˋ，看ㄎㄢˋ看ㄎㄢˋ哪ㄋㄚˇ個ㄍㄜˋ字ㄗˋ最ㄗㄨㄟˋ像ㄒㄧㄤˋ下ㄒㄧㄚˋ面ㄇㄧㄢˋ的ㄉㄜ圖ㄊㄨˊ，擺ㄅㄞˇ到ㄉㄠˋ格ㄍㄜˊ子ㄗˇ裡ㄌㄧˇ。

規 ㄍㄨㄟ	規 ㄍㄨㄟ	規 ㄍㄨㄟ
和 ㄏㄜˊ	和 ㄏㄜˊ	和 ㄏㄜˊ
說 ㄕㄨㄛ	說 ㄕㄨㄛ	說 ㄕㄨㄛ

解ㄐㄧㄝˇ 釋ㄕˋ： 比ㄅㄧˇ 賽ㄙㄞˋ 時ㄕˊ， 都ㄉㄡ 有ㄧㄡˇ 一ㄧˊ 個ㄍㄜˋ 裁ㄘㄞˊ 判ㄆㄢˋ 用ㄩㄥˋ 眼ㄧㄢˇ 睛ㄐㄧㄥ 在ㄗㄞˋ 觀ㄍㄨㄢ 看ㄎㄢˋ 選ㄒㄩㄢˇ 手ㄕㄡˇ 是ㄕˋ 否ㄈㄡˇ 違ㄨㄟˊ 規ㄍㄨㄟ。

詞ㄘˊ 語ㄩˇ： 規ㄍㄨㄟ 則ㄗㄜˊ、 規ㄍㄨㄟ 定ㄉㄧㄥˋ

解ㄐㄧㄝˇ 釋ㄕˋ： 為ㄨㄟˋ 了ㄌㄜ 吃ㄔ 米ㄇㄧˇ 飯ㄈㄢˋ， 我ㄨㄛˇ 必ㄅㄧˋ 須ㄒㄩ 開ㄎㄞ 口ㄎㄡˇ 問ㄨㄣˋ 爸ㄅㄚˋ 爸ㄅㄚ 「和ㄏㄢˋ」 媽ㄇㄚ 媽ㄇㄚ。 「和ㄏㄢˋ」 也ㄧㄝˇ 唸ㄋㄧㄢˋ 「和ㄏㄜˊ」。

詞ㄘˊ 語ㄩˇ： 和ㄏㄜˊ 平ㄆㄧㄥˊ、 和ㄏㄜˊ 諧ㄒㄧㄝˊ

解ㄐㄧㄝˇ 釋ㄕˋ： 學ㄒㄩㄝˊ 生ㄕㄥ 說ㄕㄨㄛ 出ㄔㄨ 正ㄓㄥˋ 確ㄑㄩㄝˋ 的ㄉㄜ 答ㄉㄚˊ 案ㄢˋ 可ㄎㄜˇ 以ㄧˇ 換ㄏㄨㄢˋ 禮ㄌㄧˇ 物ㄨˋ。 「說ㄕㄨㄛ」 也ㄧㄝˇ 唸ㄋㄧㄢˋ 「說ㄕㄨㄟˋ」。

詞ㄘˊ 語ㄩˇ： 說ㄕㄨㄛ 話ㄏㄨㄚˋ、 說ㄕㄨㄟˋ 服ㄈㄨˊ

66

我ㄨㄛˇ是ㄕˋ大ㄉㄚˋ偵ㄓㄣ探ㄊㄢˋ

請ㄑㄧㄥˇ剪ㄐㄧㄢˇ下ㄒㄧㄚˋ第ㄉㄧˋ149頁ㄧㄝˋ的ㄉㄜ字ㄗˋ，
看ㄎㄢˋ看ㄎㄢˋ哪ㄋㄚˇ個ㄍㄜˋ字ㄗˋ最ㄗㄨㄟˋ像ㄒㄧㄤˋ下ㄒㄧㄚˋ面ㄇㄧㄢˋ
的ㄉㄜ圖ㄊㄨˊ，　擺ㄅㄞˇ到ㄉㄠˋ格ㄍㄜˊ子ㄗˇ裡ㄌㄧˇ。

我ㄨㄛˇ會ㄏㄨㄟˋ寫ㄒㄧㄝˇ國ㄍㄨㄛˊ字ㄗˋ

先ㄒㄧㄢ描ㄇㄧㄠˊ三ㄙㄢ次ㄘˋ， 再ㄗㄞˋ寫ㄒㄧㄝˇ三ㄙㄢ次ㄘˋ。

他 ㄊㄚ	他 ㄊㄚ	他 ㄊㄚ
們 ㄇㄣˊ	們 ㄇㄣˊ	們 ㄇㄣˊ
八 ㄅㄚ	八 ㄅㄚ	八 ㄅㄚ

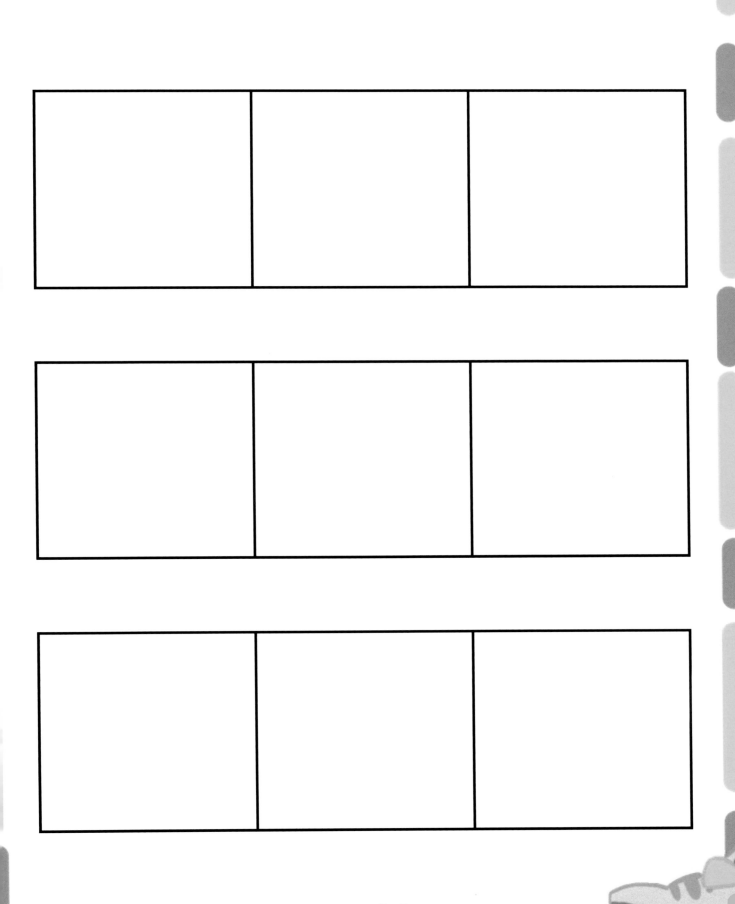

解ㄐㄧㄝˇ釋ㄕˋ： 雖ㄙㄨㄟ然ㄖㄢˊ他ㄊㄚ對ㄉㄨㄟˋ待ㄉㄞˋ別ㄅㄧㄝˊ人ㄖㄣˊ很ㄏㄣˇ好ㄏㄠˇ， 但ㄉㄢˋ他ㄊㄚ也ㄧㄝˇ是ㄕˋ會ㄏㄨㄟˋ生ㄕㄥ氣ㄑㄧˋ的ㄉㄜ。

詞ㄘˊ語ㄩˇ： 他ㄊㄚ人ㄖㄣˊ、 其ㄑㄧˊ他ㄊㄚ

解ㄐㄧㄝˇ釋ㄕˋ： 很ㄏㄣˇ多ㄉㄨㄛ人ㄖㄣˊ們ㄇㄣ聚ㄐㄩˋ集ㄐㄧˊ在ㄗㄞˋ門ㄇㄣˊ前ㄑㄧㄢˊ。

詞ㄘˊ語ㄩˇ： 我ㄨㄛˇ們ㄇㄣ、 他ㄊㄚ們ㄇㄣ

解ㄐㄧㄝˇ釋ㄕˋ： 雪ㄒㄩㄝˇ人ㄖㄣˊ的ㄉㄜ頭ㄊㄡˊ和ㄏㄢˊ身ㄕㄣ體ㄊㄧˇ像ㄒㄧㄤˋ數ㄕㄨˋ字ㄗˋ 8 ， 雙ㄕㄨㄤ手ㄕㄡˇ像ㄒㄧㄤˋ國ㄍㄨㄛˊ字ㄗˋ「八ㄅㄚ」。

詞ㄘˊ語ㄩˇ： 八ㄅㄚ個ㄍㄜ（ 雪ㄒㄩㄝˇ人ㄖㄣˊ）

夫 → 規 → 規

和 → 和 → 和

說 → 說 → 說

人 + セ → 人セ → 他

人門 → 人田 → 們

⬤ → ⬤ → 八

不說別人的祕密或缺點。	
提醒朋友做好事。	
溫柔的告訴朋友他們做錯的事。	
不會欺負同學。	
原諒別人。	
提醒自己不說別人的祕密或缺點。	
說出不好聽的話讓別人難過時，主動道歉。	

貼紙在第152頁。

松果爭奪戰

我ㄨㄛˇ的ㄉㄜ˙目ㄇㄨˋ標ㄅㄧㄠ

★ 能ㄋㄥˊ把ㄅㄚˇ發ㄈㄚ現ㄒㄧㄢˋ不ㄅㄨˋ公ㄍㄨㄥ平ㄆㄧㄥˊ的ㄉㄜ˙事ㄕˋ，
告ㄍㄠˋ訴ㄙㄨˋ爸ㄅㄚˋ媽ㄇㄚ或ㄏㄨㄛˋ老ㄌㄠˇ師ㄕ。

★ 能ㄋㄥˊ在ㄗㄞˋ遇ㄩˋ到ㄉㄠˋ不ㄅㄨˋ合ㄏㄜˊ理ㄌㄧˇ要ㄧㄠˋ求ㄑㄧㄡˊ
時ㄕˊ，勇ㄩㄥˇ敢ㄍㄢˇ說ㄕㄨㄛ「不ㄅㄨˋ」。

★ 能ㄋㄥˊ主ㄓㄨˇ動ㄉㄨㄥˋ送ㄙㄨㄥˋ禮ㄌㄧˇ物ㄨˋ，感ㄍㄢˇ謝ㄒㄧㄝˋ
對ㄉㄨㄟˋ我ㄨㄛˇ們ㄇㄣ˙好ㄏㄠˇ的ㄉㄜ˙人ㄖㄣˊ。

鄰居阿姨拿了一袋松果到松松與果果的家，媽媽收下後，轉身跟松松說：等一下媽媽會出門，我會把松果放在桌上，等一會兒果果回家時，你們兩個一人一半，不能欺負弟弟！

76

過了一會兒，果果回家了。
果果：哇！桌上有好大
　　　一盤松果！

松ㄙㄨㄥ松ㄙㄨㄥ：等ㄉㄥ一一下ㄒㄧㄚ，我ㄨㄛ們ㄇㄣ先ㄒㄧㄢ分ㄈㄣ一一分ㄈㄣ吧ㄅㄚ！我ㄨㄛ是ㄕ哥ㄍㄜ哥ㄍㄜ，我ㄨㄛ長ㄓㄤ得ㄉㄜ比ㄅㄧ較ㄐㄧㄠ高ㄍㄠ，那ㄋㄚ我ㄨㄛ的ㄉㄜ份ㄈㄣ應ㄧㄥ該ㄍㄞ要ㄧㄠ多ㄉㄨㄛ一一點ㄉㄧㄢ點ㄉㄧㄢ。

果ㄍㄨㄛ果ㄍㄨㄛ：這ㄓㄜ樣ㄧㄤ不ㄅㄨ公ㄍㄨㄥ平ㄆㄥ，媽ㄇㄚ媽ㄇㄚ一一定ㄉㄧㄥ會ㄏㄨㄟ說ㄕㄨㄛ一一人ㄖㄣ一一半ㄅㄢ。

80

松ㄙㄨㄥ松ㄙㄨㄥ：　不ㄅㄨ管ㄍㄨㄢ！　弟ㄉㄧ弟ㄉㄧ要ㄧㄠ聽ㄊㄧㄥ
　　　　　哥ㄍㄜ哥ㄍㄜ的ㄉㄜ話ㄏㄨㄚ。

兩ㄌㄧㄤ兄ㄒㄩㄥ弟ㄉㄧ一ㄧ直ㄓ吵ㄔㄠ架ㄐㄧㄚ，　最ㄗㄨㄟ後ㄏㄡ還ㄏㄞˊ
打ㄅㄚ起ㄑㄧ來ㄌㄞ了ㄌㄜ。

媽媽一回家，就發現松松和果果在打架。

媽媽：別打了，你們為什麼在打架？

82

果果： 媽媽， 哥哥欺負我，他堅持要分到比較多松果。

松松： 平常都是我在照顧弟弟， 我比較辛苦，應該吃多一點。

83

媽ㄇㄚ媽ㄇㄚ：既ㄐㄧ然ㄖㄢ如ㄖㄨ此ㄘ，下ㄒㄧㄚ次ㄘ別ㄅㄧㄝ人ㄖㄣ
送ㄙㄨㄥ禮ㄌㄧ時ㄕ，我ㄨㄛ只ㄓㄧ好ㄏㄠ自ㄗ己ㄐㄧ
吃ㄔ完ㄨㄢ全ㄑㄩㄢ部ㄅㄨ。因ㄧㄣ為ㄨㄟ平ㄆㄧㄥ常ㄔㄤ
都ㄉㄡ是ㄕ媽ㄇㄚ媽ㄇㄚ照ㄓㄠ顧ㄍㄨ你ㄋㄧ們ㄇㄣ。
你ㄋㄧ希ㄒㄧ望ㄨㄤ媽ㄇㄚ媽ㄇㄚ這ㄓㄜ樣ㄧㄤ做ㄗㄨㄛ嗎ㄇㄚ？

松ㄙㄨㄥ松ㄙㄨㄥ：不ㄅㄨ希ㄒㄧ望ㄨㄤ。

媽媽：我們不可以拿自己不喜歡的事情強迫別人，就像你也不希望媽媽吃完全部的點心，那你就不可以這樣欺負果果。

媽ㄇㄚ媽ㄇㄚ： 果ㄍㄨㄛ果ㄍㄨㄛ， 平ㄆㄧㄥ常ㄔㄤ哥ㄍㄜ哥ㄍㄜ會ㄏㄨㄟ
照ㄓㄠ顧ㄍㄨ你ㄋㄧ， 那ㄋㄚ平ㄆㄧㄥ分ㄈㄣ完ㄨㄢ
松ㄙㄨㄥ果ㄍㄨㄛ後ㄏㄡ， 可ㄎㄜ不ㄅㄨ可ㄎㄜ以ㄧ
多ㄉㄨㄛ分ㄈㄣ一ㄧ個ㄍㄜ給ㄍㄟ哥ㄍㄜ哥ㄍㄜ？

88

松

果《メモv果《メモv：　可ずv以v，我メモv要ふ謝ふ謝ふ
哥《むさ哥《さ平ず常我照ふ顧《メモ我メモ。

我ㄨㄛˇ會ㄏㄨㄟˋ《弟ㄉㄧˋ子ㄗˇ規ㄍㄨㄟ》

凡ㄈㄢˊ取ㄑㄩˇ與ㄩˇ，　貴ㄍㄨㄟˋ分ㄈㄣ曉ㄒㄧㄠˇ；

與ㄩˇ宜ㄧˊ多ㄉㄨㄛ，　取ㄑㄩˇ宜ㄧˊ少ㄕㄠˇ。

將ㄐㄧㄤ加ㄐㄧㄚ人ㄖㄣˊ，　先ㄒㄧㄢ問ㄨㄣˋ己ㄐㄧˇ；

己ㄐㄧˇ不ㄅㄨˋ欲ㄩˋ，　即ㄐㄧˊ速ㄙㄨˋ已ㄧˇ。

什麼意思？

別人送我們禮物時，要記得找一天回送禮物給他。我們可以多送一點，不要讓別人吃虧，這樣才能好好相處。

如果有一天我們需要請別人幫忙時，我們要先想一想，如果今天是別人拜託我做同樣的事，我願不願意做。自己不願意做的事，就不能拜託別人做。

我ㄨㄛˇ會ㄏㄨㄟˋ《弟ㄉㄧˋ子ㄗˇ規ㄍㄨㄟ》

恩ㄣ欲ㄩˋ報ㄅㄠˋ， 怨ㄩㄢˋ欲ㄩˋ忘ㄨㄤˋ；

報ㄅㄠˋ怨ㄩㄢˋ短ㄉㄨㄢˇ， 報ㄅㄠˋ恩ㄣ長ㄔㄤˊ。

勢ㄕˋ服ㄈㄨˊ人ㄖㄣˊ， 心ㄒㄧㄣ不ㄅㄨˋ然ㄖㄢˊ；

理ㄌㄧˇ服ㄈㄨˊ人ㄖㄣˊ， 方ㄈㄤ無ㄨˊ言ㄧㄢˊ。

什麼意思？

得到別人的幫助時，
我們要記得別人對
我們的好，並找機會
報答對方；當別人做
出對不起自己的事情
時，就要努力忘記。

用不好的態度逼別人
聽自己的話，得不到
別人的真心。只有
真心對別人好，才能
交到好朋友。

猜猜看這是什麼字？

請從下方選出最像的字卡，擺入第95頁和第99頁的空格中。

ㄐㄧㄡˇ 九	ㄒㄧㄤ 香	ㄐㄧㄝˇ 姐
·ㄌㄜ 了	ㄇㄧㄥ 明	ㄇㄛˋ 墨
ㄇㄚ 媽	ㄅㄚˊ 色	ㄣ 恩

字卡在第150頁，剪下來使用。

我ㄨㄛˇ是ㄕˋ大ㄉㄚˋ偵ㄓㄣ探ㄊㄢˋ

請ㄑㄧㄥˇ剪ㄐㄧㄢˇ下ㄒㄧㄚˋ第ㄉㄧˋ150頁ㄧㄝˋ的ㄉㄜ字ㄗˋ，
看ㄎㄢˋ看ㄎㄢˋ哪ㄋㄚˇ個ㄍㄜˋ字ㄗˋ最ㄗㄨㄟˋ像ㄒㄧㄤˋ下ㄒㄧㄚˋ面ㄇㄧㄢˋ
的ㄉㄜ圖ㄊㄨˊ，擺ㄅㄞˇ到ㄉㄠˋ格ㄍㄜˊ子ㄗˇ裡ㄌㄧˇ。

我ㄨㄛˇ會ㄏㄨㄟˋ寫ㄒㄧㄝˇ國ㄍㄨㄛˊ字ㄗˋ

先ㄒㄧㄢ描ㄇㄧㄠˊ三ㄙㄢ次ㄘˋ，再ㄗㄞˋ寫ㄒㄧㄝˇ三ㄙㄢ次ㄘˋ。

爸 ㄅㄚˋ	爸 ㄅㄚˋ	爸 ㄅㄚˋ
媽 ㄇㄚ	媽 ㄇㄚ	媽 ㄇㄚ
姐 ㄐㄧㄝˇ	姐 ㄐㄧㄝˇ	姐 ㄐㄧㄝˇ

我ㄨㄛˇ認ㄖㄣˋ識ㄕˋ國ㄍㄨㄛˊ字ㄗˋ

解ㄐㄧㄝˇ釋ㄕˋ： 爸ㄅㄚˋ爸ㄅㄚ的ㄉㄜ威ㄨㄟ嚴ㄧㄢˊ來ㄌㄞˊ自ㄗˋ他ㄊㄚ長ㄔㄤˊ長ㄔㄤ的ㄉㄜ下ㄒㄧㄚˋ巴ㄅㄚ。

詞ㄘˊ語ㄩˇ： 爸ㄅㄚˋ爸ㄅㄚ

解ㄐㄧㄝˇ釋ㄕˋ： 馬ㄇㄚˇ旁ㄆㄤˊ邊ㄅㄧㄢ那ㄋㄚˋ個ㄍㄜ女ㄋㄩˇ生ㄕㄥ是ㄕˋ我ㄨㄛˇ「媽ㄇㄚ媽ㄇㄚ」！

詞ㄘˊ語ㄩˇ： 媽ㄇㄚ媽ㄇㄚ

解ㄐㄧㄝˇ釋ㄕˋ： 和ㄏㄢˋ我ㄨㄛˇ們ㄇㄣ年ㄋㄧㄢˊ紀ㄐㄧˋ差ㄔㄚ不ㄅㄨˋ多ㄉㄨㄛ，但ㄉㄢˋ比ㄅㄧˇ較ㄐㄧㄠˋ大ㄉㄚˋ的ㄉㄜ女ㄋㄩˇ生ㄕㄥ，稱ㄔㄥ作ㄗㄨㄛˋ「姐ㄐㄧㄝˇ姐ㄐㄧㄝ」。

詞ㄘˊ語ㄩˇ： 姐ㄐㄧㄝˇ姐ㄐㄧㄝ、 姐ㄐㄧㄝˇ妹ㄇㄟˋ

我ㄨㄛˇ是ㄕˋ大ㄉㄚˋ偵ㄓㄣ探ㄊㄢˋ

請ㄑㄧㄥˇ剪ㄐㄧㄢˇ下ㄒㄧㄚˋ第ㄉㄧˋ150頁ㄧㄝˋ的ㄉㄜ字ㄗˋ，看ㄎㄢˋ看ㄎㄢˋ哪ㄋㄚˇ個ㄍㄜˋ字ㄗˋ最ㄗㄨㄟˋ像ㄒㄧㄤˋ下ㄒㄧㄚˋ面ㄇㄧㄢˋ的ㄉㄜ圖ㄊㄨˊ，擺ㄅㄞˇ到ㄉㄠˋ格ㄍㄜˊ子ㄗ裡ㄌㄧˇ。

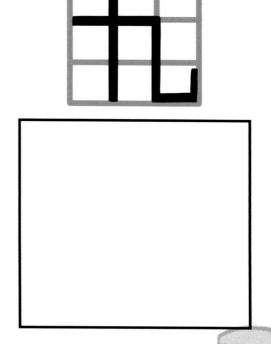

99

我ㄨㄛˇ會ㄏㄨㄟˋ寫ㄒㄧㄝˇ國ㄍㄨㄛˊ字ㄗˋ

先ㄒㄧㄢ描ㄇㄧㄠˊ三ㄙㄢ次ㄘˋ， 再ㄗㄞˋ寫ㄒㄧㄝˇ三ㄙㄢ次ㄘˋ。

恩 ㄣ	恩 ㄣ	恩 ㄣ
了 ㄌㄜ˙	了 ㄌㄜ˙	了 ㄌㄜ˙
九 ㄐㄧㄡˇ	九 ㄐㄧㄡˇ	九 ㄐㄧㄡˇ

解ㄐㄧㄝˇ釋ㄕˋ： 一ㄧ個ㄍㄜ˙人ㄖㄣˊ躺ㄊㄤˇ在ㄗㄞˋ地ㄉㄧˋ上ㄕㄤˋ， 在ㄗㄞˋ心ㄒㄧㄣ中ㄓㄨㄥ想ㄒㄧㄤˇ著ㄓㄜ˙別ㄅㄧㄝˊ人ㄖㄣˊ給ㄍㄟˇ他ㄊㄚ的ㄉㄜ˙恩ㄣ惠ㄏㄨㄟˋ。

詞ㄘˊ語ㄩˇ： 感ㄍㄢˇ恩ㄣ、 恩ㄣ情ㄑㄧㄥˊ

解ㄐㄧㄝˇ釋ㄕˋ： 媽ㄇㄚ媽ㄇㄚ˙為ㄨㄟˋ了ㄌㄜ˙保ㄅㄠˇ護ㄏㄨˋ孩ㄏㄞˊ子ㄗ˙， 用ㄩㄥˋ布ㄅㄨˋ把ㄅㄚˇ孩ㄏㄞˊ子ㄗ˙的ㄉㄜ˙手ㄕㄡˇ包ㄅㄠ起ㄑㄧˇ來ㄌㄞˊ了ㄌㄜ˙， 「了ㄌㄜ˙」也ㄧㄝˇ唸ㄋㄧㄢˋ「了ㄌㄧㄠˇ」。

詞ㄘˊ語ㄩˇ： 了ㄌㄧㄠˇ解ㄐㄧㄝˇ、 了ㄌㄧㄠˇ斷ㄉㄨㄢˋ

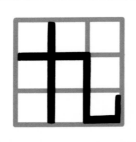

解ㄐㄧㄝˇ釋ㄕˋ： 九ㄐㄧㄡˇ宮ㄍㄨㄥ格ㄍㄜˊ裡ㄌㄧˇ有ㄧㄡˇ一ㄧ個ㄍㄜ˙「九ㄐㄧㄡˇ」字ㄗˋ。

詞ㄘˊ語ㄩˇ： 九ㄐㄧㄡˇ棵ㄎㄜ（ 樹ㄕㄨˋ）

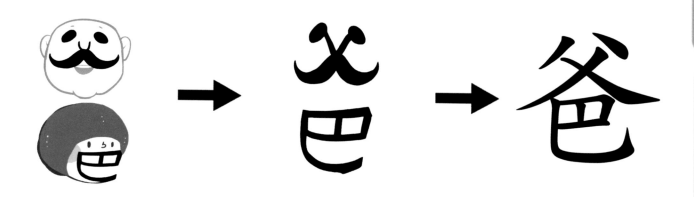

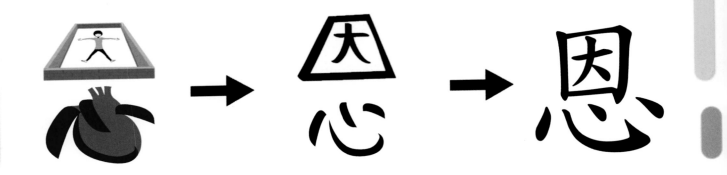

心 → 恩

了 → 了

田 → 九 → 九

我可以做到！

完成任務可以請爸爸媽媽在空格處貼上小饅頭貼紙。

別人送我們禮物時，也回送禮物給他。	
自願做比較多的事。	
不拜託別人做自己不想做的事。	
感謝幫助我們的人。	
忘記別人的錯誤。	
發現不公平的事，會告訴爸媽或老師。	
遇到不合理的要求，能勇敢拒絕。	

貼紙在第152頁。

沙灘保衛戰

★ 我(ㄨㄛˇ)的(ㄉㄜ˙)目(ㄇㄨˋ)標(ㄅㄧㄠ)

★ 能(ㄋㄥˊ)珍(ㄓㄣ)惜(ㄒㄧ)資(ㄗ)源(ㄩㄢˊ)，
不(ㄅㄨˋ)亂(ㄌㄨㄢˋ)丟(ㄉㄧㄡ)垃(ㄌㄜˋ)圾(ㄙㄜˋ)。

★ 能(ㄋㄥˊ)主(ㄓㄨˇ)動(ㄉㄨㄥˋ)關(ㄍㄨㄢ)心(ㄒㄧㄣ)環(ㄏㄨㄢˊ)境(ㄐㄧㄥˋ)、
保(ㄅㄠˇ)護(ㄏㄨˋ)生(ㄕㄥ)態(ㄊㄞˋ)。

★ 能(ㄋㄥˊ)了(ㄌㄧㄠˇ)解(ㄐㄧㄝˇ)參(ㄘㄢ)加(ㄐㄧㄚ)社(ㄕㄜˋ)會(ㄏㄨㄟˋ)
服(ㄈㄨˊ)務(ㄨˋ)的(ㄉㄜ˙)重(ㄓㄨㄥˋ)要(ㄧㄠˋ)性(ㄒㄧㄥˋ)。

最近學校在找淨灘志工到
海邊撿垃圾， 鼓鼓也邀請
班上同學參加淨灘活動，
咪咪覺得很有意義。

回家後咪咪問哥哥
要不要一起去淨灘？

喵喵回答： 好啊！
感覺很好玩。 可以
順便去看海、 玩沙。

淨灘當天， 來了很多志工。
當咪咪跟喵喵一起撿沙灘
上的垃圾時， 咪咪突然
大叫： 有一隻寄居蟹從
罐頭中跑出來了！

老師：因為環境太髒，所以寄居蟹沒有家可以住，找不到殼的時候，只能把自己的垃圾當成家。

雖然撿垃圾時又熱又累，很辛苦，但是一想到寄居蟹住在垃圾裡，咪咪跟喵喵就更想還給海洋動物一個乾淨美麗的家，所以還是打起精神，跟著大家一起撿垃圾。

115

咪咪跟喵喵想起以前出去玩都會亂丟垃圾。在參加淨灘活動後，才想到之前對環境的破壞，可能會讓很多動物失去牠們的家。

撿ㄐㄧㄢˇ做ㄗㄨㄛˋ看ㄎㄢˋ，幫ㄅㄤ忙ㄇㄤˊ物ㄨˋ中ㄓㄨㄥ吸ㄒㄧ管ㄍㄨㄢˇ幫ㄅㄤ忙ㄇㄤˊ動ㄉㄨㄥˋ物ㄨˋ新ㄒㄧㄣ聞ㄨㄣˊ吸ㄒㄧ管ㄍㄨㄢˇ了ㄌㄜ˙為ㄨㄟˋ新ㄒㄧㄣ聞ㄨㄣˊ能ㄋㄥˊ在ㄗㄞˋ前ㄑㄧㄢˊ插ㄔㄚ進ㄐㄧㄣˋ除ㄔㄨˊ了ㄌㄜ˙還ㄏㄞˊ能ㄋㄥˊ前ㄑㄧㄢˊ插ㄔㄚ進ㄐㄧㄣˋ鼻ㄅㄧˊ子ㄗ˙師ㄕ們ㄇㄣ˙之ㄓ前ㄑㄧㄢˊ的ㄉㄜ˙鼻ㄅㄧˊ子ㄗ˙老ㄌㄠˇ師ㄕ我ㄨㄛˇ們ㄇㄣ˙龜ㄍㄨㄟ的ㄉㄜ˙問ㄨㄣˋ老ㄌㄠˇ我ㄨㄛˇ海ㄏㄞˇ龜ㄍㄨㄟ鼓ㄍㄨˇ鼓ㄍㄨˇ，我ㄨㄛˇ到ㄉㄠˋ海ㄏㄞˇ感ㄍㄢˇ鼓ㄍㄨˇ垃ㄌㄜˋ什ㄕㄣˊ麼ㄇㄜ˙？我ㄨㄛˇ感ㄍㄢˇ到ㄉㄠˋ垃ㄌㄜˋ什ㄕㄣˊ到ㄉㄠˋ很ㄏㄣˇ難ㄋㄢˊ過ㄍㄨㄛˋ！

老師：我們平常買東西時，可以自己帶購物袋；喝飲料時不用塑膠吸管。減少塑膠袋和吸管的使用，這樣海洋就不會有愈來愈多垃圾；海龜不會因為被吸管插到所以受傷，也不會吃到塑膠袋而死掉。

鼓ㄍㄨˇ鼓ㄍㄨˇ：好ㄏㄠˇ的ㄉㄜ！以ㄧˇ後ㄏㄡˋ我ㄨㄛˇ會ㄏㄨㄟˋ準ㄓㄨㄣˇ備ㄅㄟˋ購ㄍㄡˋ物ㄨˋ袋ㄉㄞˋ、環ㄏㄨㄢˊ保ㄅㄠˇ吸ㄒㄧ管ㄍㄨㄢˇ和ㄏㄢˊ餐ㄘㄢ具ㄐㄩˋ放ㄈㄤˋ在ㄗㄞˋ書ㄕㄨ包ㄅㄠ。

咪ㄇ咪ㄇ：　鼓ㄍㄨˇ鼓ㄍㄨˇ，　謝ㄒㄧㄝˋ謝ㄒㄧㄝ˙你ㄋㄧˇ約ㄩㄝ我ㄨㄛˇ
們ㄇㄣ˙來ㄌㄞˊ參ㄘㄢ加ㄐㄧㄚ志ㄓˋ工ㄍㄨㄥ活ㄏㄨㄛˊ動ㄉㄨㄥˋ，
我ㄨㄛˇ以ㄧˇ後ㄏㄡˋ會ㄏㄨㄟˋ更ㄍㄥ加ㄐㄧㄚ小ㄒㄧㄠˇ心ㄒㄧㄣ，
不ㄅㄨˋ亂ㄌㄨㄢˋ丟ㄉㄧㄡ垃ㄌㄜˋ圾ㄙㄜˋ，　還ㄏㄞˊ要ㄧㄠˋ
隨ㄙㄨㄟˊ手ㄕㄡˇ撿ㄐㄧㄢˇ垃ㄌㄜˋ圾ㄙㄜˋ，　希ㄒㄧ望ㄨㄤˋ
地ㄉㄧˋ球ㄑㄧㄡˊ會ㄏㄨㄟˋ愈ㄩˋ來ㄌㄞˊ愈ㄩˋ乾ㄍㄢ淨ㄐㄧㄥˋ。

124

鼓鼓： 我相信經過大家努力的保護，地球一定會愈來愈好！

我ㄨㄛˇ會ㄏㄨㄟˋ《弟ㄉㄧˋ子ㄗˇ規ㄍㄨㄟ》

同ㄊㄨㄥˊ是ㄕˋ人ㄖㄣˊ， 類ㄌㄟˋ不ㄅㄨˋ齊ㄑㄧˊ；

流ㄌㄧㄡˊ俗ㄙㄨˊ眾ㄓㄨㄥˋ， 仁ㄖㄣˊ者ㄓㄜˇ希ㄒㄧ。

果ㄍㄨㄛˇ仁ㄖㄣˊ者ㄓㄜˇ， 人ㄖㄣˊ多ㄉㄨㄛ畏ㄨㄟˋ；

言ㄧㄢˊ不ㄅㄨˋ諱ㄏㄨㄟˋ， 色ㄙㄜˋ不ㄅㄨˋ媚ㄇㄟˋ。

什麼意思？

雖然大家看起來一樣，但是每個人都有不同的想法。　大家常常只會聽多數人的想法，真正敢表達不同想法的人是很少的。

一個善良又勇敢表達自己的人，　會受到大家的尊敬，　因為他不會受到其他人的影響，　他說話誠實，也不會故意去討好別人。

我ㄨㄛˇ會ㄏㄨㄟˋ《弟ㄉㄧˋ子ㄗˇ規ㄍㄨㄟ》

能ㄋㄥˊ親ㄑㄧㄣ仁ㄖㄣˊ， 無ㄨˊ限ㄒㄧㄢˋ好ㄏㄠˇ；

德ㄉㄜˊ日ㄖˋ進ㄐㄧㄣˋ， 過ㄍㄨㄛˋ日ㄖˋ少ㄕㄠˇ。

不ㄅㄨˋ親ㄑㄧㄣ仁ㄖㄣˊ， 無ㄨˊ限ㄒㄧㄢˋ害ㄏㄞˋ；

小ㄒㄧㄠˇ人ㄖㄣˊ進ㄐㄧㄣˋ， 百ㄅㄞˇ事ㄕˋ壞ㄏㄨㄞˋ。

什麼意思？

如果能多接近善良的人，我們的品德會愈來愈好，品德慢慢進步時，犯錯的機會也會愈來愈少。

不親近善良的人對我們來說只有壞處，因為這樣會讓許多不好的人有機會接近我們，使我們不小心學壞。

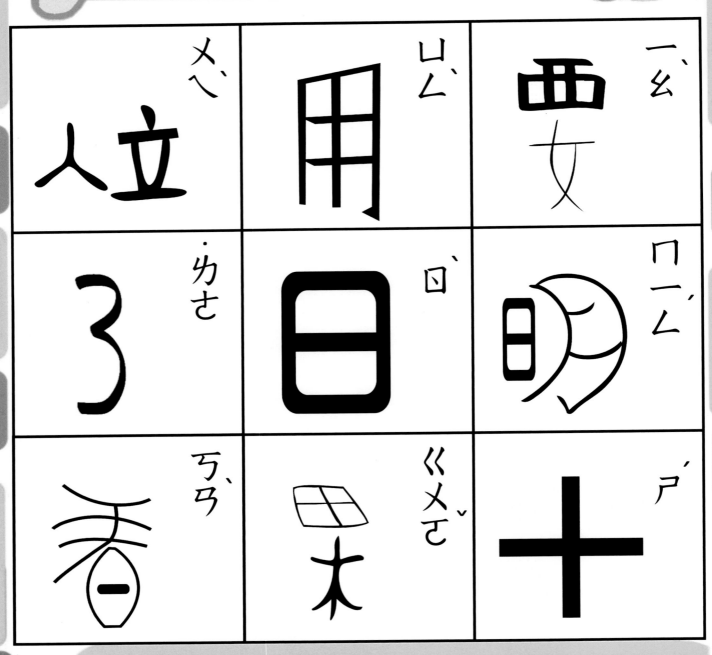

我ㄨㄛˇ是ㄕˋ大ㄉㄚˋ偵ㄓㄣ探ㄊㄢˋ

請ㄑㄧㄥˇ剪ㄐㄧㄢˇ下ㄒㄧㄚˋ第ㄉㄧˋ151頁ㄧㄝˋ的ㄉㄜ字ㄗˋ，看ㄎㄢˋ看ㄎㄢˋ哪ㄋㄚˇ個ㄍㄜˋ字ㄗˋ最ㄗㄨㄟˋ像ㄒㄧㄤˋ下ㄒㄧㄚˋ面ㄇㄧㄢˋ的ㄉㄜ圖ㄊㄨˊ，擺ㄅㄞˇ到ㄉㄠˋ格ㄍㄜˊ子ㄗˇ裡ㄌㄧˇ。

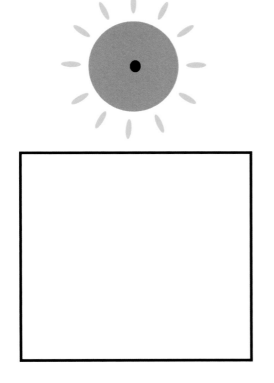

131

先ㄒㄧㄢ描ㄇㄧㄠˊ三ㄙㄢ次ㄘˋ，再ㄗㄞˋ寫ㄒㄧㄝˇ三ㄙㄢ次ㄘˋ。

果 ㄍㄨㄛˇ	果 ㄍㄨㄛˇ	果 ㄍㄨㄛˇ
日 ㄖˋ	日 ㄖˋ	日 ㄖˋ
要 ㄧㄠˋ	要 ㄧㄠˋ	要 ㄧㄠˋ

我ㄨㄛˇ認ㄖㄣˋ識ㄕˋ國ㄍㄨㄛˊ字ㄗˋ

解ㄐㄧㄝˇ釋ㄕˋ： 果ㄍㄨㄛˇ樹ㄕㄨˋ種ㄓㄨㄥˋ在ㄗㄞˋ田ㄊㄧㄢˊ裡ㄌㄧˇ，經ㄐㄧㄥ過ㄍㄨㄛˋ灌ㄍㄨㄢˋ溉ㄍㄞˋ，最ㄗㄨㄟˋ後ㄏㄡˋ會ㄏㄨㄟˋ長ㄓㄤˇ出ㄔㄨ果ㄍㄨㄛˇ實ㄕˊ。

詞ㄘˊ語ㄩˇ： 果ㄍㄨㄛˇ實ㄕˊ、 結ㄐㄧㄝ果ㄍㄨㄛˇ

解ㄐㄧㄝˇ釋ㄕˋ： 以ㄧˇ前ㄑㄧㄢˊ的ㄉㄜ人ㄖㄣˊ將ㄐㄧㄤ「日ㄖˋ」寫ㄒㄧㄝˇ得ㄉㄜ像ㄒㄧㄤˋ太ㄊㄞˋ陽ㄧㄤˊ，中ㄓㄨㄥ間ㄐㄧㄢ一ㄧ點ㄉㄧㄢˇ是ㄕˋ太ㄊㄞˋ陽ㄧㄤˊ黑ㄏㄟ子ㄗˇ。

詞ㄘˊ語ㄩˇ： 日ㄖˋ期ㄑㄧ、 日ㄖˋ曆ㄌㄧˋ

解ㄐㄧㄝˇ釋ㄕˋ： 爸ㄅㄚˋ爸ㄅㄚ要ㄧㄠˋ女ㄋㄩˇ兒ㄦˊ不ㄅㄨˋ要ㄧㄠˋ往ㄨㄤˇ西ㄒㄧ邊ㄅㄧㄢ走ㄗㄡˇ。「要ㄧㄠ」也ㄧㄝˇ唸ㄋㄧㄢˋ「要ㄧㄠ」。

詞ㄘˊ語ㄩˇ： 重ㄓㄨㄥˋ要ㄧㄠˋ、 要ㄧㄠˋ求ㄑㄧㄡˊ

我ㄨㄛˇ是ㄕˋ大ㄉㄚˋ偵ㄓㄣ探ㄊㄢˋ

請ㄑㄧㄥˇ剪ㄐㄧㄢˇ下ㄒㄧㄚˋ第ㄉㄧˋ151頁ㄧㄝˋ的ㄉㄜ字ㄗˋ，
看ㄎㄢˋ看ㄎㄢˋ哪ㄋㄚˇ個ㄍㄜˋ字ㄗˋ最ㄗㄨㄟˋ像ㄒㄧㄤˋ下ㄒㄧㄚˋ面ㄇㄧㄢˋ
的ㄉㄜ圖ㄊㄨˊ，擺ㄅㄞˇ到ㄉㄠˋ格ㄍㄜˊ子ㄗˇ裡ㄌㄧˇ。

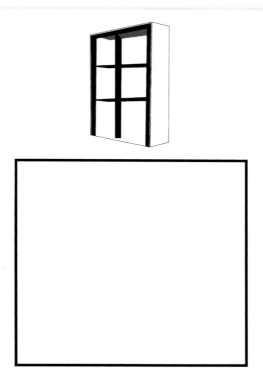

我ㄨㄛˇ會ㄏㄨㄟˋ寫ㄒㄧㄝˇ國ㄍㄨㄛˊ字ㄗˋ

先ㄒㄧㄢ描ㄇㄠˊ三ㄙㄢ次ㄘ，再ㄗㄞˋ寫ㄒㄧㄝˇ三ㄙㄢ次ㄘ。

用 ㄩㄥˋ	用 ㄩㄥˋ	用 ㄩㄥˋ
位 ㄨㄟˋ	位 ㄨㄟˋ	位 ㄨㄟˋ
十 ㄕˊ	十 ㄕˊ	十 ㄕˊ

解ㄐㄧㄝˇ釋ㄕˋ： 「用ㄩㄥˋ」字ㄗˋ像ㄒㄧㄤˋ是ㄕˋ一ㄧˊ個ㄍㄜˋ櫃ㄍㄨㄟˋ子ㄗˇ， 可ㄎㄜˇ以ㄧˇ裝ㄓㄨㄤ很ㄏㄣˇ多ㄉㄨㄛ有ㄧㄡˇ用ㄩㄥˋ的ㄉㄜ工ㄍㄨㄥ具ㄐㄩˋ或ㄏㄨㄛˋ物ㄨˋ品ㄆㄧㄣˇ。

詞ㄘˊ語ㄩˇ： 有ㄧㄡˇ用ㄩㄥˋ、 用ㄩㄥˋ法ㄈㄚˇ

解ㄐㄧㄝˇ釋ㄕˋ： 一ㄧˊ個ㄍㄜˋ人ㄖㄣˊ站ㄓㄢˋ立ㄌㄧˋ在ㄗㄞˋ旁ㄆㄤˊ邊ㄅㄧㄢ要ㄧㄠˋ等ㄉㄥˇ待ㄉㄞˋ位ㄨㄟˋ子ㄗˇ。

詞ㄘˊ語ㄩˇ： 位ㄨㄟˋ置ㄓˋ、 位ㄨㄟˋ子ㄗˇ

解ㄐㄧㄝˇ釋ㄕˋ： 「十ㄕˊ」字ㄗˋ長ㄓㄤˇ得ㄉㄜ像ㄒㄧㄤˋ十ㄕˊ字ㄗˋ架ㄐㄧㄚˋ。

詞ㄘˊ語ㄩˇ： 十ㄕˊ顆ㄎㄜ（ 球ㄑㄧㄡˊ）

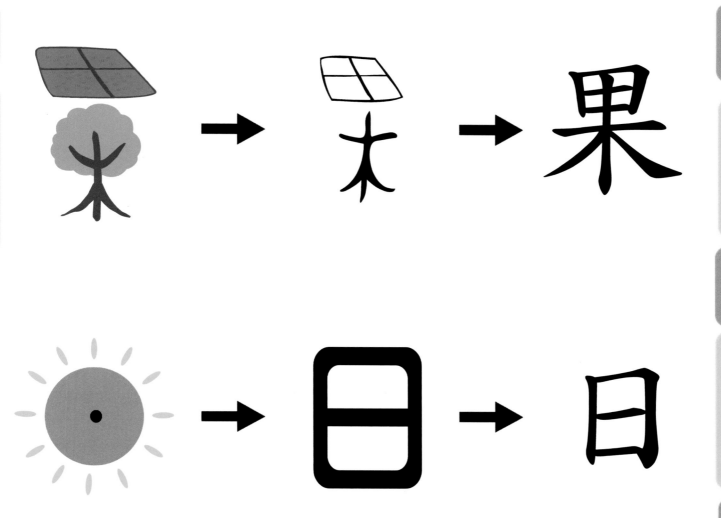

用 → 用 → 用

人立 → 位

十 → 十 → 十

我可以做到！

完成任務可以請爸爸媽媽在空格處貼上小饅頭貼紙。

勇敢說出自己的想法。	
尊重別人的意見。	
說話誠實。	
不故意討好別人。	
多接近品德好的人。	
不會常犯錯。	
自己帶環保袋、餐具或吸管。	

貼紙在第152頁。

給爸媽的話

　　本書為親子共讀書籍，親子共讀能增進孩子的語文理解及親子關係。爸媽可運用交互教學法的四個策略：(1)預測、(2)澄清、(3)提問、(4)摘要，幫助孩子建立閱讀學習鷹架。

　　在開始閱讀故事之前，爸媽先帶領孩子進行「封面預測」，透過書名與圖片預測故事內容；在閱讀故事的同時，爸媽適時停下腳步，讓孩子「預測」後面的故事發展，以提升孩子的閱讀動機。當孩子遇到閱讀困難時，「澄清」很重要，爸媽引導孩子透過上下文意或插圖來推測正確的意思，或請孩子查字典找答案。讀完故事後，爸媽請孩子「提問」，此時孩子會努力的反覆閱讀文本，找出可詢問的問題，爸媽可引導孩子使用5W1H1❤ (who, when, where, what, why, how, 心情)來提問，藉此促進對文意的了解。

Who ： 「有哪些人物?」

When： 「發生在什麼時候?」

Where： 「在什麼地方?」

What： 「發生了什麼事?」

Why： 「原因是什麼?」

How： 「如何處理?」

心情： 「人物的心情如何?」

最後，爸媽引導孩子試著「摘要」文本內容，用自己的話說出大意，以檢視孩子是否能理解文本重點。

透過本書的《弟子規》品德故事，孩子能夠在快樂閱讀的同時，學會《弟子規》的重要內涵。本書結合「鍵接圖識字教學策略」，從《弟子規》中挑選重要且簡單的字，並加入生活常用字。使文字圖像化，讓孩子透過可愛且有趣的圖片來學習國字，以提升孩子學習國字的興趣及識字量。本書搭配自我檢核表（我可以做到），孩子若達成，爸媽可協助貼上書末的貼紙，以茲鼓勵。

在共讀的過程中，爸媽非以上對下的方式帶領，而是成為孩子的「學習夥伴」，在閱讀的過程中不斷的與孩子對話並給予鼓勵與讚美；一同學習與討論，彼此分享想法，且接納對方不同的想法；藉此提升孩子的溝通能力、建立緊密的親子關係。

本冊建議之問題討論：

1. 如果別人提出和自己不同的意見，怎麼辦？

2. 如何看待與展現自己的長處或優點？

3. 當同學或朋友看起來心情不好，怎麼做比較好？

4. 不小心發現別人的祕密或糗事，你會怎麼做？

5. 在路上撿到別人的日記本，你會打開看嗎？

6. 如果做錯事，怎麼處理？會跟父母或老師說嗎？

7. 遇到不公平或不合理的事，你會怎麼做？

8. 地球面臨很多破壞和污染，你會怎麼保護它？

9. 你願意當志工嗎？志工能帶給社會什麼幫助？

《弟子規》放大鏡

〈汎愛眾〉

凡是人，　皆須愛；

天同覆，　地同載。

行高者，　名自高；

人所重，　非貌高。

才大者，　望自大；

人所服，　非言大。

己有能，　勿自私；

人所能，　勿輕訾。

勿諂富，　勿驕貧；

勿厭故，　勿喜新。

人不閒，勿事攪；
人不安，勿話擾。
人有短，切莫揭；
人有私，切莫說。
道人善，即是善；
人知之，愈思勉。
揚人惡，即是惡；
疾之甚，禍且作。
善相勸，德皆建；
過不規，道兩虧。
凡取與，貴分曉；
與宜多，取宜少。
將加人，先問己；
己不欲，即速已。

恩欲報，　怨欲忘；

報怨短，　報恩長。

勢服人，　心不然；

理服人，　方無言。

〈 親仁 〉

同是人，　類不齊；

流俗眾，　仁者希。

果仁者，　人多畏；

言不諱，　色不媚。

能ㄋㄥˊ親ㄑㄧㄣ仁ㄖㄣˊ，　無ㄨˊ限ㄒㄧㄢˋ好ㄏㄠˇ；
德ㄉㄜˊ日ㄖˋ進ㄐㄧㄣˋ，　過ㄍㄨㄛˋ日ㄖˋ少ㄕㄠˇ。
不ㄅㄨˋ親ㄑㄧㄣ仁ㄖㄣˊ，　無ㄨˊ限ㄒㄧㄢˋ害ㄏㄞˋ；
小ㄒㄧㄠˇ人ㄖㄣˊ進ㄐㄧㄣˋ，　百ㄅㄞˇ事ㄕˋ壞ㄏㄨㄞˋ。

文ㄨㄣ字ㄗˋ字ㄗˋ卡ㄎㄚˇ

搭ㄉㄚ配ㄆㄟˋ第ㄉㄧˋ30頁ㄧㄝˋ「猜ㄘㄞ猜ㄘㄞ看ㄎㄢˋ這ㄓㄜˋ是ㄕˋ什ㄕㄣˊ麼ㄇㄜ字ㄗˋ？」使ㄕˇ用ㄩㄥˋ。

請ㄑㄧㄥˇ沿ㄧㄢˊ黑ㄏㄟ線ㄒㄧㄢˋ剪ㄐㄧㄢˇ下ㄒㄧㄚˋ。

大 ㄉㄚˋ	七 ㄑㄧ	安 ㄢ
地 ㄉㄧˋ	明 ㄇㄧㄥˊ	天 ㄊㄧㄢ
硯 ㄧㄢˋ	朋 ㄆㄥˊ	高 ㄍㄠ

文ㄨㄣ字ㄗ字ㄗ卡ㄎㄚ

搭ㄉㄚ配ㄆㄟ第ㄉㄧ62頁ㄧㄝ「猜ㄘㄞ猜ㄘㄞ看ㄎㄢ這ㄓㄜ是ㄕ什ㄕㄣ麼ㄇㄜ字ㄗ？」使ㄕ用ㄩㄥ。

✂ 請ㄑㄧㄥ沿ㄧㄢ黑ㄏㄟ線ㄒㄧㄢ剪ㄐㄧㄢ下ㄒㄧㄚ。

人田 ·ㄇㄣ	人世 ㄊㄚ	說 ㄕㄨㄛ
安木 ㄅㄣ	和口 ㄏㄜ	墨 ㄇㄛ
夫見 ㄍㄨㄟ	朋 ㄆㄥ	八 ㄅㄚ

附件（ㄈㄨˋ ㄐㄧㄢˋ）

文（ㄨㄣˊ）字（ㄗˋ）字（ㄗˋ）卡（ㄎㄚˇ）

搭（ㄉㄚ）配（ㄆㄟˋ）第（ㄉㄧˋ）94頁（ㄧㄝˋ）「猜（ㄘㄞ）猜（ㄘㄞ）看（ㄎㄢˋ）這（ㄓㄜˋ）是（ㄕˋ）什（ㄕㄣˊ）麼（ㄇㄜ˙）字（ㄗˋ）？」使（ㄕˇ）用（ㄩㄥˋ）。

請（ㄑㄧㄥˇ）沿（ㄧㄢˊ）黑（ㄏㄟ）線（ㄒㄧㄢˋ）剪（ㄐㄧㄢˇ）下（ㄒㄧㄚˋ）。

ㄐㄧㄡˇ	ㄎㄢ	ㄐㄧㄝˇ
ㄋㄜ˙	ㄇㄧㄥˊ	ㄇㄛˋ
ㄇㄚ	ㄅㄚˊ	ㄣ

150

文ㄨㄣˊ字ㄗˋ字ㄗˋ卡ㄎㄚˇ

搭ㄉㄚ配ㄆㄟˋ第ㄉㄧˋ130頁ㄧㄝˋ「猜ㄘㄞ猜ㄘㄞ看ㄎㄢˋ這ㄓㄜˋ是ㄕˋ什ㄕㄣˊ麼ㄇㄜ˙字ㄗˋ？」使ㄕˇ用ㄩㄥˋ。

請ㄑㄧㄥˇ沿ㄧㄢˊ黑ㄏㄟ線ㄒㄧㄢˋ剪ㄐㄧㄢˇ下ㄒㄧㄚˋ。

位 ㄨㄟˋ	用 ㄩㄥˋ	要 ㄧㄠˋ
了 ㄌㄜ˙	日 ㄖˋ	明 ㄇㄧㄥˊ
香 ㄎㄢˋ	果 ㄍㄨㄛˇ	十 ㄕˊ